AF335756

# LETTRE

## A MONSIEUR***

*Sur l'Iliade de M. de la Motte.*

A PARIS,

Chez LAURENT SENEUZE,
Quay des Augustins, à l'Ecu
de Bretagne.

M. D C C X I V.
*Avec Approbation & Privilege du Roy.*

# LETTRE

## A MONSIEUR ✱✱✱

*Sur l'Iliade de Monsieur de la Motte.*

VOUS exigez de moy,
Monsieur, un compte
exact des divers juge-
mens que les Gens de
Lettres ont portez de la nouvelle
Iliade ; je vais tâcher de vous sa-
tisfaire : Mais pourquoi me faites-
vous mystere du jugement que
vous en portez vous même? N'o-
sez-vous hazarder vôtre suffrage
sur la foy de vos propres lumieres?
Que je plains les Auteurs, & quel
peril ne court pas aujourd'hui le

meilleur Livre ? Je connois bien
des gens qui allient comme vous,
Monsieur, à un goût sûr, une raison libre de tout esprit départi :
Qui ne sent que de tels Lecteurs
devroient seuls faire autorité dans
la Litterature ? Il y en a peu nean-
moins qui ayent le courage de lut-
ter contre la multitude : ils atten-
dent à juger d'un Ouvrage que le
Public ait prononcé, ils recueillent
les voix, & se rangent du parti
dominant : Tel dans son Cabinet
a jugé un Livre excellent, qui ve-
nant à apprendre que ce Livre est
meprisé par des Hommes celebres,
se soumet servilement à leur autorité, sans se défier du fol esprit départi, & de certaine émulation jalouse, qui de tout temps ont fait
commettre tant d'injustices aux
plus grands Critiques : Il a honte
d'avoir pensé autrement que ces
Personnages qu'il revere, il rougit
à la vûe du Livre qui l'a séduit, il

se dissimule autant qu'il le peut, pour se soulager, l'impression qu'il luy a faite, il le relit déterminé à le trouver mauvais, il est en garde contre le plaisir humiliant que luy a fait la premiere lecture; les mêmes choses repassent sous ses yeux avec les couleurs qu'il leur a destinées, tout l'ennuye, tout le revolte dans ce même Livre dont la veille il faisoit ses delices.

Je n'ay pas de peine à deviner comment vous aurez été affecté de l'Iliade de Monsieur de la Motte, & de sa Dissertation Critique sur le Poëme Original; le goût que je vous connois, m'est garant que vous les aurez lûs avec grand plaisir : Mais quand vous sçaurez combien de Sçavans se réunissent contre l'un & l'autre Ouvrage, vous éprouverez peutêtre en vous la révolution que je viens de décrire. Non, Monsieur, non, ne soyez pas infidele à vos lumieres, osez pen-

fer par vous même, & ne prenez
point l'ordre de ces stupides Erudits qui ont prêté serment de fi-
delité à Homere, de ces gens sans
talens & sans goût, qui ne sçavent
pas suivre le progrés des Arts &
des Talens dans la succession des
siecles; de ces Scoliastes fanatiques
qui entrent dans une espece d'ex-
tase à la lecture de l'Iliade Originale, où l'Art naissant n'a pû donner qu'un essai informe, & qui n'ap-
perçoivent pas dans les travaux de
nôtre âge le merveilleux accroisse-
ment de ce même Art.

Vous voyez dans ce Prelude que
cette espece de Sçavans a pris parti
contre Monsieur de la Motte, cela
fait un grand peuple, *le Createur en
a beni l'engeance* : Mais que fait ici
le nombre ? Monsieur de la Motte
a bonne cause, & tous les talens
qu'il faut pour la sauver d'insulte.
Il est d'ailleurs de vrais Sçavans in-
accessibles à la prevention, chez

qui les Ouvrages anciens & les Ouvrages modernes sont en égale consideration, qui reconnoissent les beautez & les défauts des uns & des autres avec une égale equité; J'en sçay chez qui la passion ne s'empare jamais des droits du goût & de la raison: Voilà les seuls Oracles que doit consulter un Auteur: Ils ont prononcé en faveur de la nouvelle Iliade: Elle vaincra la jalouse rage des Confederez, & passera à la posterité comme un Ouvrage digne tout à la fois & de son Auteur, & de nôtre siecle.

Laissons crier les Adorateurs d'Homere, ils feront moins de mal que de bruit; il est bien juste aprés tout que M. de la Motte pardonne quelques excés à de pieux Fanatiques qu'il s'avise de venir troubler dans leur culte.

Je connois la plûpart de ces Partisans outrez d'Homere, ce sont de bonnes gens qui nez sans genie,

& se sentans incapables de créer en aucun genre, se sont retranchez dans la plus profonde étude de la Langue Grecque ; ils ont devoré avec fatigue les Ouvrages d'Homere, ils ont vû ce Poëte celebré d'âge en âge par des Auteurs illuſtres juſqu'à nos jours : A la vûë de tant d'hommages prodiguez à Homere avec continuité durant trois mille ans, ils ont été faiſis d'un saint reſpect pour ce grand Homme, ils luy ont voué une eſpece de culte, ils liſent tous les jours son divin Poëme, ils le liſent avec delices, parcequ'ils le liſent avec une foy vive : Ils sont dans un raviſſement confus, ils sont enchantez, non des beautez diſtinctes qu'ils decouvrent en effet dans leur divin texte, mais des hautes merveilles que leur foy leur dit y être cachées.

Nous avons vû le vieil Ariſtote honoré d'un pareil culte : durant plus de deux mille ans il a tenu le

sceptre philofophique : fes fophi-
mes les plus obfcurs étoient autant
d'Oracles, à l'autorité defquels la
raifon des Philofophes cedoit fans
murmure. Un Peripateticien s'ima-
ginoit avoir la clef des myfteres les
plus fecrets de la nature, il répondoit à toutes queftions avec une
complaifance fuperbe, parcequ'il
répondoit comme fon infaillible
Maiftre : Les honneurs rendus au
divin Ariftote durant une fi longue
fuite de fiecles, ne luy permettoient
pas de foupçonner qu'il fût échap-
pé quelque chofe aux lumieres de
ce grand Homme : Lorfqu'on de-
mandoit à un Peripateticien les
caufes phyfiques de la vertu de
l'Aiman, ou de l'effet pretendu
fympatique de la poudre de Vitriol, il répondoit avec le bon Ariftote : Il y a dans l'Aiman & dans le
Vitriol calciné certaine qualité occulte qui produit les effets qui vous
furprennent.

Ce feroit traiter Ariftote d'im-
becile, que de pretendre qu'il eût
donné cette réponfe, pour toute
autre chofe que pour l'aveu formel
de fon ignorance fur la difficulté
propofée ; car avoir recours à une
qualité occulte, c'eft indiquer une
caufe quelconque qu'on ne connoît
point, dont on n'a pas d'idée. Je
croy donc devoir faire honneur à
Ariftote de fon humble réponfe.
Mais comment fauver du mépris
ces zelez Sectateurs, qui penfoient
que leur Maiftre donnoit à la difficulté une veritable folution ? Ils
s'imaginoient donc voir claire-
ment là caufe de l'effet en quef-
tion ; ils croyoient mefme la faire
fentir aux autres, en leur difant
formellement avec Ariftote ; La
caufe de cet effet eft une qualité
occulte : ou ce qui revient au même, La caufe de cet effet ne nous
eft pas connue. Lorfqu'un Difci-
ple ofoit demander à fon Maiftre

ce qu'il entendoit par qualitez oc-
cultes, ce Maiſtre inſultoit à ſon peu
de ſagacité, luy rendoit en nou-
veaux termes l'équivalent du myſ-
tere, & forçoit l'amour propre du
Diſciple à croire qu'il avoit enfin
ſaiſi le mot de l'Enigme.

C'eſt ainſi que tous nos Phyſi-
ciens abuſez par l'ancienne repu-
tation d'Ariſtote, bornoient leur
ambition à l'étude de ſes Ouvrages, & croyoient rendre bon compte des operations de la nature, en
alleguant les ſombres ſubtilitez de
leur Maiſtre.

Il y a eu de tout temps des eſprits
indociles à l'erreur la plus accre-
ditée : Combien de gens ont ſenti
dans tous les temps que la Phyſi-
que d'Ariſtote n'étoit qu'un amas
confus de mots deſtituez de ſens :
mais comment oſer hazarder une
pareille verité ? N'étoit-il pas plus
ſage qu'ils recueilliſſent eux mêmes
les honneurs injuſtes que l'humai-

re imbecillité déferoit à cette fauſſe érudition, que de s'attirer par
leur indiſcret aveu les outrages
d'un grand peuple, que l'intereſt
& l'aveugle prevention rendoient
inconvertibles ? D'ailleurs, pour
oſer reprocher à l'Univers ſon or-
gueilleuſe ignorance, il falloit pou-
voir mettre les hommes ſur les tra-
ces de la verité, & payer l'injure
par un bienfait équivalent. Pour
un projet auſſi grand, il ne falloit
pas un homme moins grand que
Deſcartes ; ce merveilleux genie
ayant jetté les yeux ſur les Ouvrages d'Ariſtote, il en ſentit toute
l'indigence. En vain le prejugé luy
montroit dans un vaſte éloigne-
ment le Prince des Philoſophes re-
cevant ſucceſſivement les hommages de tous les ſiecles ; le Cenſeur
incorruptible détournoit ſes yeux
de ce vain faſte, & jugeoit l'Ora-
cle univerſel du genre humain, non
ſur les témoignages de ſes credu-

les Adorateurs, mais fur fes Ouvrages mêmes. Il fentit combien ce Philofophe étoit éloigné de la verité. Il n'en demeura pas là, il la chercha luy même avec la genereufe confiance que luy donnoit fon genie immenfe. Il la trouva enfin ; un nouveau fyftême de Philofophie fe montre, un nouvel art, ou plutôt le feul art de raifonner s'introduit peu à peu dans les Ecoles ; Les Sectateurs obftinez de l'erreur fe liguent en vain pour combattre l'évidence ; on perfecute celui qui a ofé éclairer fon fiecle ; le mal eft fans remede, les criminels Ouvrages que l'on condamne feront les delices des races futures, c'eft par ces Ouvrages mêmes que les hommes feront dorénavant formez : Encore quelque temps, & tous les fuffrages fe réuniffent en faveur du Philofophe moderne.

Ce temps eft venu, Monfieur, la fecte opiniâtre d'Ariftote eft enfin éteinte; il eſt peutêtre encore au fond des Colleges quelques vieux Peripateticiens qui mourront impenitens, laiſſons-les mourir en paix.

Ne voyez-vous pas, Monſieur, dans l'hiſtoire du long regne d'Ariſtote, l'image de celui d'Homere? La chûte de celui-là ne vous fait-elle pas preſſentir la chûte prochaine de celui-ci? La cauſe de Monſieur de la Motte n'eſt aſſurément pas moins victorieuſe que celle de Deſcartes: le prejugé ne parle pas plus haut en faveur de l'un, qu'il ne parla autrefois en faveur de l'autre; M. de la Motte en ſera quitte aprés tout pour quelques bons mots pedanteſques qu'il luy faudra eſſuyer de la part de nos Scoliaſtes: c'eſt avec ces armes victorieuſes qu'ils ont coutume de combattre les Rivaux d'Homere, de Theocrite, & de Pindare: Tout Moderne qui a l'inſolente temerité d'entrer en lice avec ces vieux Athletes, eſt digne, ſelon ces Meſſieurs, d'un ſouverain mépris : Les premiers hommes du ſiecle ſont ceux qui ſçavent le Grec : Tel ſe croit un Homere, parcequ'il entend Homere dans la langue originale, le divin Poëte impenetrable aux autres hommes revit en luy, il eſt juſte qu'on le reſpecte en luy : Voilà donc deux hommes transformez en un ſeul ; ſi vous dites du mal d'Homere, vous contriſtez ſon Synonime ; vous le careſſez au contraire ſi vous celebrez le divin Poëme.

Voilà la folle illuſion qui allume le zele des Homeriſtes ; mais le plaiſant eſt que le Public ait ſi longtemps ſervi cette même illuſion. On étoit penetré de reſpect à la vûe d'un Pedant, dont tout le merite étoit de connoiſtre, aimer, & ſervir le bon Homere ; on rendoit à l'idolâtre les hommages acquis à l'Idole ; on ne jugeoit alors du merite d'Homere que sur la foy des acclamations pieuses de ses Adorateurs. Combien peu de gens sçavent la Langue Grecque ? La divine Iliade n'étoit entendue que des Erudits, on leur envioit avec respect ce dépôt sacré ; ils insultoient impunément à nos meilleurs Ecrivains, l'injustice leur tournoit même à honneur, parcequ'on se persuadoit que les beautez modernes comparées par eux aux merveilles antiques, leur devoient faire une impression moins vive.

Nôtre erreur dureroit encore, ils seroient encore les objects de nôtre respectueuse jalousie, si Madame Dacier ne nous eût dessillé les yeux, en nous donnant une Traduction fidelle du mysterieux Poëme.

Chacun cherche dans l'élegante Traduction le genie élevé d'Homere, son choix riche, son goût

goût infaillible; on s'attend à reſ-
ſentir, à quelque choſe prés, ce raviſſement délicieux que le Texte
cauſe : mais je ne ſçay par quelle
fatalité le Lecteur tombe dans un
ennui mortel. On trouve à la verité
de temps à autre des traits vifs, des
images heureuſes, des recits ornez;
mais une ſi petite meſure de beau
ne paye pas, à beaucoup prés, le
Lecteur de tant d'abſurditez pue-
riles, de tant de baſſeſſes, de tant
de froideurs qui font un contraſte
dominant dans ce tout monſ-
trueux.

Nous oſons donc à preſent juger
de l'Iliade; cette merveille tant
vantée eſt tout au plus un beau
monſtre, né, pour ainſi dire, du ſeul
inſtinct d'un homme ſuperieur; je
dis d'un homme ſuperieur, car ſi
l'on fait attention au ſiecle groſſier
dans lequel nâquit Homere, ſi l'on
a égard aux mœurs ruſtiques qui
regnoient alors, ſi l'on ne perd pas

de vûc l'impossibilité morale d'atteindre la perfection dans un essai hazardé sans le secours des regles & des exemples, on jugera Homere un grand génie, & le premier homme de son siecle rustique, en même temps qu'on jugera son Poëme tres defectueux pour un siecle aussi éclairé que le nôtre.

C'est ainsi que M. de la Motte dans sa Dissertation critique distingue l'Auteur & l'Ouvrage. Homere auroit peutêtre atteint la perfection, s'il fût né dans le siecle d'Auguste ou dans le nôtre ; mais né dans des temps où l'Art ne s'étoit point encore montré, n'étant guidé par aucunes regles, éclairé par aucuns exemples, on luy doit tenir grand compte de son Poëme, tout monstrueux qu'il est.

L'hommage personnel rendu à Homere ne satisfait pas ses Adorateurs, il y va de tout pour eux de sauver du mepris l'Ouvrage même;

Ils l'ont unanimement vanté comme une merveille au deſſus de tout
effort humain. S'ils paſſent con-
damnation ſur les abſurditez im-
pertinentes que reprend Monſieur
de la Motte, les voilà livrez à tout
le mepris dont ils ſont dignes: Comment d'un autre côté ſe reſoudre à
oſer défendre tant de miſeres que
décele leur Traduction? Dans cette étrange perplexité, ils ſe ſont avi-
ſez d'un expedient ingenieux, à la
faveur duquel ils comptent eſqui-
ver ; ſuivons-les.

Il eſt vray, diſent-ils, que ſi l'on
juge d'Homere par la Traduction
de Madame Dacier, quoique la
plus élegante & la plus fidelle qui
ait paru, on ſera à peu prés d'ac-
cord avec M. de la Motte ; mais il
faut bien ſe garder de juger du
Texte original par la Traduction
Françoiſe : nôtre Langue eſt im-
puiſſante par elle-même à rendre
la force, l'énergie, la noble harmo-

nie des termes Grecs, elle manque
de ces tours heureux, de ces expreſſions énergiques qui nous char-
ment dans le Grec ; nous ſentons la
force de ces expreſſions & la no-
bleſſe de ces tours; mais nôtre Langue indigente nous refuſant de ju-
ſtes équivalens, nous baiſſons le ton
pour nous exprimer en François.

Je veux bien paſſer pour un mo-
ment à ces Meſſieurs leur fauſſe
ſuppoſition, que pourroient-ils en
conclure? Cela prouveroit tout au
plus que la Traduction jetteroit
quelquefois du froid dans les recits, qu'elle ôteroit de la chaleur
aux ſentimens, de la vivacité aux
penſées, qu'elle ne rendroit pas
l'équivalent de la pretenduë harmonie de l'Original : mais M. de la
Motte ne juge point de l'Iliade à
ces égards; il veut bien ſuppoſer
les expreſſions Grecques d'une force & d'une élegance infiniment ſu-
perieures à la Traduction. De quoy

juge-t-il precifément ? de l'Hiftorique du Poëme ; j'appelle l'Hiftorique dans un Poëme, les faits, les
évenemens exprimez en recit, ou
mis en action. M. de la Motte examine donc la fable generale du
Poëme, l'action principale, l'ordon-
nance de l'Ouvrage, les épizodes ;
il examine les mœurs, les caracteres de fes Heros, dont il juge par
leurs paroles & par leurs actions.

Voilà, Monfieur, les feules cho-
fes dont Monfieur de la Motte a
efé juger fur la foy de la Traduction ; celle de Madame Dacier a-
vouée par tous les Sçavans Grecs,
n'a pû le tromper fur l'Hiftorique ;
elle rend fûrement Homere, elle
le fuit dans fa courfe, elle bronche
avec luy, fe releve avec luy : enfin
Madame Dacier n'a rien imaginé
d'elle-même dans fon Ouvrage,
elle a compté rendre precifément
fon Original ; fi elle a prêté quelque charité à Homere, les Grecs

n'ont qu'à la déceler, en ce cas, la Critique de Monsieur de la Motte tombera sur Madame Dacier; mais je serois bien garand pour elle qu'aucun de nos Grecs ne sera assez hardi pour oser démentir par écrit sa Traduction, aucun d'eux ne luy dispute l'honneur de posseder avec superiorité les finesses de la Langue Grecque ; elle a entendu Homere autant qu'on le peut entendre aujourd'hui , elle sçait beaucoup mieux encore la Langue Françoise ; elle a rendu le plus élegamment qu'elle a pû dans nôtre Langue, ce qu'elle a vû, pensé & senti en lisant le Grec; cela me suffit , j'ay l'Iliade en substance , ainsi c'est sur Homere même , & non sur la seule Traduction, que portent les Remarques Critiques de Monsieur de la Motte, qui n'appuyent que sur des choses étrangeres à cette élegance pretendue des termes originaux , & à certaine harmonie attribuée au son de ces termes.

Mais revenons à la supposition de nos Adversaires. Est-il bien vray que nôtre Langue soit inferieure à la Langue Grecque? Est-il bien vray que la Langue Françoise ne suffise pas à rendre parfaitement les grandes idées, les hauts sentimens, les passions heroïques, les vivacitez galantes, les saillies satyriques, les naïvetez fines? A-t-elle mal servi à ces differens égards, Corneille, Racine, Moliere, Despreaux, la Fontaine? Cette Langue n'a t-elle pas aussi son harmonie comme la Grecque? Quand nous lisons nos bons Ouvrages, soit de Prose, soit de Poësie, n'éprouvons-nous pas un sentiment confus de plaisir, que nous attribuons au son pretendu harmonieux des expressions?

Il peut bien arriver quelquefois que telle expression Grecque qui renferme un grand sens, ne pour-

ra être rendue en François que par
plufieurs expreffions réunies ; mais
il arrivera quelquefois auffi qu'u-
ne penfée exprimée par plufieurs
termes Grecs, pourra être renfer-
mée en François dans des limites
plus étroites, en forte qu'il y aura
compenfation jufte.

Mais quand il feroit vray que
la Langue Grecque feroit par elle-
même moins diffufe que la Françoife, en pourroit-on conclure que
la Langue Françoife ne pourroit
produire en nous le fentiment qui
naît de la précifion ? Nous accor-
dons à un Ouvrage François le merite de la précifion, lorfque nous
ne fentons pas la poffibilité de ren-
fermer en moins de paroles le fens
de cet Ouvrage, nous ne comptons
pas les fyllabes, ce calcul nous im-
porte peu. Je vais tâcher de me
faire entendre.

Je fuppofe l'Iliade écrite avec
l'élégance & la précifion tant van-
tées,

tées, je suppose ensuite qu'on vînt à demander à Homere en quoy consiste l'un & l'autre merite de son Ouvrage, il diroit, pour donner l'idée de l'élegance, qu'il a employé dans sa Langue les tours & les expressions les plus propres à representer ses idées, & à peindre ses sentimens; & sur la précision, il diroit qu'il n'a pas été possible de rendre en moins de paroles le sens de son Ouvrage.

Si Homere avec son même genie & son goût, étoit né de nos jours, & qu'ayant conçû son Iliade, il nous l'écrivît en François, qu'il possedât nôtre Langue comme il possedoit autrefois la sienne, sans doute il employeroit les expressions Françoises les plus propres à rendre son sens, & il s'exprimeroit avec le moins de diffusion qu'il luy seroit possible. Ne sentez-vous pas qu'alors il seroit autant frappé de l'élegance & de la précision qu'il au-

C

roit atteint dans nôtre Idiome, qu'il le fut autrefois de l'un & l'autre merite qu'il atteignit dans le sien?

Si Racine avec son genie & ses lumieres acquises, fût né dans le siecle d'Homere, & qu'il eût écrit en Grec les Tragedies que nous avons de luy dans nôtre Langue, il auroit fait dans cette Langue le choix heureux qu'il a fait dans la nôtre, & son style Grec auroit fait precisément en Grece la même fortune que son style François a fait chez nous.

On ne sçauroit dire qu'une Langue soit moins propre qu'une autre à la vraye peinture des pensées & des sentimens; les mots ne signifient rien par eux mêmes, c'est le caprice arbitraire des Nations, qui des sons articulez a fait des signes fixes, au moyen desquels les hommes se pûssent communiquer réciproquement leurs pensées; chaque Nation a ses signes fixes pour representer

tous les objets que son intelligen-
ce embrasse. Qu'on ne dise donc
plus que les beautez qu'on a senties
en lisant Homere, ne peuvent être
parfaitement rendues en François.
Ce qu'on a senti ou pensé, on peut
l'exprimer avec une élegance égale
dans toutes les Langues ; & chaque
Langue vous fournira les expressions uniques pour caracteriser
quelque pensée, quelque sentiment que ce soit, & pour en fixer
le degré de vivacité ou de noblesse.
De là je conclus que si Madame
Dacier a senti dans l'Iliade autant
de merveilles qu'elle le publie, elle
nous a dû rendre toutes ces merveilles en François avec une élegance équivalente à celle du Texte.

Il m'est tombé depuis peu dans
les mains une Traduction en prose
de la Tragedie Angloise, intitulée
Caton. Cette Traduction, quoi-
qu'inélegante, m'a donné une tres

haute idée de l'Original. Je voy dans le Poëte Anglois la grande partie qui caracterise nôtre Corneille. Je n'ay rien vû de plus grand au Theâtre que le caractere de Caton ; il est vray que l'Auteur ne conduit pas son action avec finesse, il l'interromt même par des Amours Epizodiques d'assez mauvais goût ; mais à travers ces défauts, je voy le grand Poëte, je voy un Homme illustre, digne d'être envié à sa Nation.

D'où vient qu'en lisant l'élegante Traduction de l'Iliade par Madame Dacier, j'ay une si petite idée de l'Original ? J'en sçay la raison ; c'est que le Poëme Original porte un fond si bizarre, si confus, si absurde, que la decoration du style le plus riche dans une Traduction fidelle, ne peut défendre le Lecteur du froid mortel, de l'insupportable ennui que ce miserable fond traîne à sa suite.

Il n'y avoit qu'un moyen de faire goûter l'Iliade en François, c'étoit de compoſer un Poëme Original, pour ainſi dire, qui eût pour ſujet la fameuſe Guerre de Troye ; d'ôter à l'Hiſtoire monſtrueuſe d'Homere tant de traits qui bleſſent nos mœurs, qui revoltent nôtre credulité ; de déguiſer en grand le bas merveilleux qui anime l'Iliade, d'en corriger les Epizodes quelquefois ingenieux, mais toujours défigurez; de porter à un haut point d'élevation les caracteres bizarres des Heros Grecs & Troyens : en un mot, il ne falloit rien moins que le grand genie, la ſage hardieſſe, & les riches reſſources de Monſieur de la Motte, pour nous traveſtir le Monſtre Grec, de maniere que loin de nous déplaire, il charmât nos regards.

Vous voyez, Monſieur, que je penſe hautement de Monſieur de la Motte ; mais je croy qu'il eſt du

C üj

devoir d'un honnête homme de dire toujours à ſes perils, tout ce qu'il penſe à l'avantage d'autrui. Je parle toujours des bons Auteurs vivans, comme je me perſuade que la poſterité deſintereſſée en parlera. Il n'y a pas moins de baſſeſſe que d'injuſtice à diſſimuler l'eſtime qu'on n'a pû refuſer à un Homme ſuperieur. Adieu, Monſieur, je croy avoir ſatisfait à ce que vous exigez de moy. S'il paroiſt quelque nouveauté dans la ſuite, j'aurai ſoin de vous en faire part.

Je ſuis, Monſieur.

✠✠✠✠✠✠✠✠✠✠✠✠

## *APPROBATION.*

J'Ay lû par l'ordre de Monſei-gneur le Chancelier, cette *Lettre à Monſieur* * * * *ſur l'Iliade de M. de la Motte.* Elle m'a paru un peu vive, mais tres ſenſée. À Paris le 22 Fevrier 1714.

SAURIN.

☙ ☙ ☙ ☙ ☙ ☙ ☙ ☙ ☙ ☙

## *PRIVILEGE DU ROY.*

LOUIS, par la grace de Dieu, Roy de France & de Navarre; A nos amez & feaux Conſeillers les Gens tenans nos Cours de Par-lement, Maiſtres des Requeſtes ordinaires de noſtre Hoſtel, Grand Conſeil, Prevoſt de Paris, Baillifs, Senechaux, leurs Lieutenans Ci-vils, & autres nos Juſticiers qu'il appartiendra, Salut. Noſtre amé le

Sieur *** Nous a fait fupplïér de luy accorder nos Lettres de Permiſſion pour l'impreſſion d'un Ouvrage intitulé, *Lettres à Monſieur *** ſur l'Iliade de M. de la Motte.* Nous luy avons permis & permettons par ces Preſentes de faire imprimer ledit Livre en telle forme, marge, caractere, & autant de fois que bon luy ſemblera, & de le vendre, faire vendre & debiter par tout noſtre Royaume, pendant le temps de trois années conſecutives, à compter du jour de la date deſdites Preſentes : Faiſons défenſes à tous Imprimeurs, Libraires, & autres perſonnes, de quelque qualité & condition qu'elles ſoient, d'en introduire d'impreſſion étrangere dans aucun lieu de noſtre Obéiſſance ; à la charge que ces Preſentes ſeront enregiſtrées tout au long ſur le Regiſtre de la Communauté des Imprimeurs & Libraires de Paris, & ce dans trois mois de la date

date d'icelles; que l'impreſſion dudit Livre ſera faite dans noſtre
Royaume, & non ailleurs, en bon
papier & en beaux caractères, con-
formément aux Reglemens de la
Librairie : Et qu'avant que de l'ex-
poſer en vente, il en ſera mis deux
Exemplaires dans noſtre Bibliothe-
que publique, un dans celle de nôtre Chaſteau du Louvre, & un dans
celle de noſtre tres cher & feal Che-
valier Chancelier de France le Sieur
Phelypeaux, Comte de Pontchar-
train, Commandeur de nos Or-
dres, le tout à peine de nullité des
Preſentes; du contenu deſquelles
vous mandons & enjoignons de faire jouir l'Expoſant ou ſes ayans
cauſe pleinement & paiſiblement,
ſans ſouffrir qu'il leur ſoit fait aucun trouble ou empeſchement.
·Voulons qu'à la copie deſdites Preſentes, qui ſera imprimée au com-
mencement ou à la fin dudit Livre
foy ſoit ajoûtée comme à l'original.
D

Commandons au premier noſtre
Huiſſier ou Sergent de faire pour
l'execution d'icelles tous actes re-
quis & neceſſaires, ſans demander
autre permiſſion, & nonobſtant
clameur de Haro, Chartre Nor-
mande, & Lettres à ce contraires :
Car tel eſt noſtre plaiſir. DONNÉ
à Verſailles le vingt-quatriéme jour
du mois de Fevrier, l'an de Grace
mil ſept cens quatorze, & de nôtre
Regne le ſoixante-onziéme. Par le
Roy en ſon Conſeil, FOUQUET.

*Regiſtré ſur le Livre, No 3. de la
Communauté des Libraires-Imprimeurs
de Paris, page 743. numero 826. confor-
mément aux Reglemens, & notamment
à l'Arreſt du 13 Aouſt 1703. A Paris ce
28. Fevrier 1714.*

*Signé, ROBUSTEL, Syndic.*

A Paris, de l'Imprimerie de Charles Huguier.
1714.